AF224665

CREDO

POÈME EN HUIT CHANTS

PAR

DELAUNAY-GABRIEL

DE LA COMÉDIE FRANÇAISE

Dédié à Messieurs les Membres du
Cercle de Provence

MARSEILLE

TYPOGRAPHIE DE MARIUS OLIVE
RUE SAINTE, 39

1872

CREDO

POEME EN HUIT CHANTS

I

Il m'en souvient, c'était par un beau jour d'automne,
Le vapeur pavoisé nous ramenait joyeux,
Côtoyant sur le lit de la fière Garonne
    Sous un ciel radieux.

Nous étions près de cent à peu près du même âge,
Bruns et blonds, tous frisés, le teint pur, rose, frais,
Revenant d'un pieux et long pèlerinage,
    Enfin de Verdelais...

De là-bas... du coteau... ou plutôt du Calvaire
Où s'élève la croix de la Rédemption,
Symbole toujours saint du sublime mystère
    De l'Incarnation.

Qui de vous n'a pas vu dans cette église obscure,
La Madone et son Fils par les siècles vieillis,
Semblant dire aux enfants, à travers la guipure :
      Vos vœux sont accueillis?

Qui donc ne s'est pas cru sous l'aile frémissante
Au duvet blanc, soyeux, de quelque ange pensif,
Quand l'orgue à la voix douce entonnait chancelante
      Son cantique plaintif?

Quel enfant n'a prié, dans une ardeur sincère,
Dieu pour qu'il le fît bon, fort et devenir grand,
Afin de protéger un jour son vieux grand-père,
      Aimable et doux savant?

Qui l'excusait sans cesse, et pour sécher ses larmes
Quand il pleurait parfois, simpiternel conteur,
Lui vantait ses exploits, ayant de par les armes
      Gagné la croix d'honneur?

Et puis pour les grands jours, ceux des prix l'on devine,
Si l'enfant rapportait un livre à son aïeul,
Le vieillard attachait sa croix sur la poitrine
      Du petit-fils et du filleul.

Celui-ci qui l'aimait avec idolâtrie,
Le tirait brusquement en sautant à son cou,
Oubliant qu'il était — lambeau de la patrie —
      Retraité de Moscou...

Aussitôt le grand-père a perdu l'équilibre;
La béquille, en glissant, ne peut le retenir...
« Mère ! » crie l'enfant à la vibrante fibre,
    Hâte-toi d'accourir !

Pardon ! pardon ! pardon ! hélas ! mes bousculades
Sont cause du malheur qui nous met en émoi,
Mais la Vierge, grand-père, a guéri des malades,
    Je la prîrai pour toi !

Elle est miraculeuse et nul chrétien n'en doute :
Les bâtons des boîteux sont aux murs suspendus.
On dit qu'ils sont gaîment revenus sur la route,
    A la santé rendus !

II

Temps heureux où l'on croit à l'une à l'autre vie,
A celle d'ici-bas, à celle des élus,
Où l'on croit au bonheur dans son âme ravie,
    Vous ne reviendrez plus !

L'esprit fort a tué l'esprit pusillanime,
Tout s'est fait de soi-même et sans but périra;
C'est en vain que Jésus, adorable victime,
    Sur la croix expira !

C'est en vain que Marie, auguste et sainte Mère,
Se tordit de douleur sous le gibet sanglant;
L'avenir se cabrait devant sa peine austère,
    Cynique et triomphant!

Il devait comme un Juif plein d'un âpre breuvage,
De bave dégoûtante et d'un liquide noir,
Cracher sur l'Évangile, autre divine image,
    Où respirait l'espoir!

Il devait tout nier pour affranchir le vice,
Il devait tout nier pour créer des proscrits,
Il devait tout nier pour traîner au supplice
    Après lui des maudits.

Ainsi que le lépreux qui mourut solitaire
Eût voulu que son mal surprît l'humanité,
Pour qu'elle partageât avec lui sa misère
    Et sa putridité!

III

Honte et malheur! Hélas! sur la pente fatale
Tout a glissé; devoir, conscience et vertu.
L'honneur même est un mot vide de sens et râle
    Sur son trône abattu!

La Mère du Sauveur n'est plus la Sainte Vierge,
Les filles du plaisir l'ont livrée au mépris;
Et quand une innocente en son nom brûle un cierge,
    Le siècle en est surpris!

Surpris, le croirait-on, de voir un front modeste
S'incliner par hasard dans la maison de Dieu,
Ayant pu par hasard échapper à la peste
    Qu'on respire en tout lieu.

Où veux-tu donc qu'elle aille élever ses pensées?
Est-ce au spectacle? Non. Dans tes bals scandaleux,
Où la danse et l'orgie ont donné des nausées
    Aux viveurs scrupuleux?

Tu trahis ton dessein dans tes guerres jalouses;
Respecte la pudeur, assez de lâchetés.
Frappe sans coup férir, sous le lit des épouses,
    Les amants éhontés.

De l'honneur des maris tu te rends solidaire?
Tu permets les duels en réparation?
Respecte la pudeur, tu n'en n'auras que faire,
    Flétris l'ambition.

Rire de la vertu, c'est acclamer le vice;
N'épouser que l'argent, c'est s'avilir encor.
Georges Dandin, tais-toi, puisque c'est ton caprice
    D'encenser le veau d'or!

IV

Toi, jeune homme, crois-moi, cède quoi qu'il t'en coûte,
Aux instincts du devoir ; il en est encor temps.
Laisse-là les hivers, c'est si triste une route
    Sans jamais de printemps !

Suis le sentier battu, la voie est bien plus sûre ;
L'ombrage et le soleil y versent leurs douceurs.
Des pélerins pourront, en pansant tes blessures,
    Amoindrir tes malheurs.

Tu poursuivras un but dont tu seras avide.
Mais il faut à l'orgueil imposer le sommeil,
Sans quoi tu trouverais autour de toi le vide
    Dans l'éternel réveil !..

C'est un vieillard, ami, qui te parle à cette heure.
Un vieillard de trente ans, vieillard prématuré,
Sachant que le sophisme est un dangereux leurre
    Qui l'a dénaturé !

Hélas ! Où m'égaré-je en mes pensers moroses !..
Puisque le gouvernail peut dompter les courants,
Vogue encor mon esquif vers le pays des roses
    Qu'effeuillent les enfants.

V

Donc, grâce à ce beau jour dernier de la neuvaine,
Sur le grand bateau vert nous revenions joyeux,
Caquetant au plus dru, souvent à perdre haleine,
  Le bonheur dans les yeux.

Nous nous disions, naïfs, que c'était bien dommage
Qu'il fallût à la classe encore revenir,
Reprendre ses cahiers, se remettre à l'ouvrage
  Et se faire punir.

Qu'être encyclopédiste était fort inutile,
Que les oiseaux des bois avaient un sort plus doux :
Qu'apprendre constamment pouvait troubler la bile
  Aux petits comme nous.

L'un prenait le parti de faire le malade
Pour avoir du repos un grand jour tout au moins
Il resterait au lit, irait en promenade,
  Recevrait de doux soins.

L'autre tout simplement aurait mal à la tête
Pour rôder dans la cour, aimant fort peu le lit :
« Quand un élève sort, » disait-il, « je l'arrête, »
  Et l'on se divertit.

Le troisième larron, connaissant son affaire,
Pour ne pas revenir de trois jours soi-disant
(L'externe est plus gâté que le pensionnaire),
    Devait rentrer boitant.

Le dernier ajoutait d'une piteuse mine :
« Je dois me résigner et rouvrir mon bouquin.
« Ma joue a beau pâlir, aucun ne s'en chagrine,
    « Moi, je suis orphelin ! »

Il disait un peu vrai, le pauvre petit être,
La Fontaine en ses vers est parfois hors saison :
Quand il dit que pour voir il n'est que l'œil du maître,
    Il rime sans raison.

Au bahut, — entendez pension, je vous prie,
Est bien à plaindre, hélas ! l'élève délaissé
Qui pleure ses parents, sa mère et sa patrie
    D'où presque on l'a chassé !

Pour les illusions c'est un premier naufrage,
Et c'est la mer à boire, il en faut convenir,
Qu'être comme sœur Anne attendant, à leur âge,
    Sans jamais voir venir !

VI

Or, nous en étions là de nos discours frivoles,
Lorsqu'un petit vieillard — encore un — vint s'asseoir
Près de nous, en disant : « J'aime vos babioles,
    « Enfants, je viens vous voir. »

Il avait l'air si gai que chacun avec grâce
Poussait son camarade, élargissait le rang,
Et d'un coup de mouchoir nettoyait une place
    Sur le rustique banc.

« Qui veut de moi ? » dit-il, avec un doux sourire.
— Moi, dîmes-nous en chœur, d'un plus parfait accord
Qu'Eole en fit jamais soupirer sur sa lyre
    Dans les forêts du Nord.

« Je vois bien que mon choix, dont l'un serait bien aise,
« Pourrait contrister l'autre. Alors je ne veux pas.
« Tenez, mes chers amis, passez-moi cette chaise
    « Que j'aperçois là-bas. »

Le geste avait suffi quand la phrase fut faite.
— Prends un siége, Cinna — lui dit un sans-souci.
« J'accepte et veux savoir ce que de la sellette
    « On pense par ici. »

— Qu'elle est bien vermoulue et ne bat que d'une aile —
Criai-je d'un haut ton pour mieux être entendu.
« C'est méchant, me dit-il, en roulant la prunelle,
  « Et fort inattendu. »

Il ajouta : « Mon fils, vous vieillirez, je pense,
« Si Dieu vous le permet, car c'est le créateur
« De tout ce qui se meut. Tout doit son existence
  « Au grand dispensateur.

« Votre front si vermeil sur vos yeux si candides
« Fera choir les sourcils comme un lierre fané,
« Quand sur lui le destin aura creusé des rides
  « Qui l'auront profané.

« Les roses et les lys qui tissent votre image
« Perdront le velouté qui vous rend vaniteux ;
« Et leur trame, crispée au souffle de l'orage,
  « Vous fera laid, hideux !

« Tenez, tel que je suis, autrefois, mon cher ange,
« J'étais tout comme vous, leste, bien fait, charmant ;
« Ma mère, en m'embrassant, m'appelait son archange
  « Tombé du firmament.

« Hélas ! tout s'est enfui de ce brillant cortége.
« Mais j'ai le souvenir du devoir accompli,
« Seule beauté qui vive en Dieu qui nous protége
  « Et dont je suis rempli ! »

Je scellai ce discours dans mon âme profonde
Et n'oubliai jamais, à partir de ce jour,
Ce qu'on doit de respect aux vieillards en ce monde
    Qui les perd sans retour !

Et surtout à ceux-là dont les cœurs sont crédules,
Phares qui de la vie ont su trouver le but,
Terreur de l'athéisme, implacables férules,
    Espérance et salut !

VII

Tel que le bruit strident que ferait une glace
Sur le marbre tombant et pleuvant en éclats,
J'entends le rire aigu du cynisme qui passe,
    Avide de combat.

Il s'avance et déjà, fixant la catapulte
Où Voltaire a broyé ses hideux ossements,
Il fait jaillir sur moi, pour relever l'insulte,
    Ses ongles et ses dents !

Je le terrasserai par respect pour ma mère
Morte en baisant la croix de son vieux chapelet.
Par le sang qui coula pour nous sur le Calvaire
    De l'immortel gibet !

Par le devoir qui veut qu'en une conscience,
Le bienfait qu'on répand y germe ainsi qu'un grain,
Et qu'on se doive au Christ dont l'austère souffrance
    Sauva le genre humain !

Je le terrasserai par la morne tristesse
D'une âme sans pâture au milieu des déserts,
Et qui, se soulevant vers Dieu dans sa détresse,
    Aux pieds se sent des fers !

Je le terrasserai par ces mers éternelles,
Où la terre jamais n'offre de verts îlots !
Par ses profondes nuits sans étoiles fidèles
    Pour éclairer les flots !

Je le terrasserai par l'aile pantelante
Du ramier, dont le plomb meurtrier du chasseur
Abat un temps le corps et non l'amour ardente
    Qui vole avec son cœur !

Je le terrasserai par ce puissant dilemme
Qui comprend la science et veut l'encourager,
Mais qui retrouve un Dieu dans les éléments même,
    N'y pouvant rien changer.

VIII

Je ne peux plus, hélas ! comme en l'heureuse enfance,
Recourir aux douceurs de mon rêve perdu.
N'importe ! j'ai du ciel constaté l'existence,
    A lui je suis rendu !

Rides, creusez mon front et hâtez le voyage !
Me rendre à ma patrie est mon suprême vœu ;
Mes amours sont là-bas dans ce vermeil rivage,
    Credo, je crois en Dieu !

DELAUNAY-GABRIEL.

9 782013 273985